NOTICE

SUR LES

TITRES ET TRAVAUX SCIENTIFIQUES

DE

M. Henry PICQUET,

CHEF DE BATAILLON DU GÉNIE EN RETRAITE,

RÉPÉTITEUR ET EXAMINATEUR D'ADMISSION A L'ÉCOLE POLYTECHNIQUE.

PARIS,

GAUTHIER-VILLARS, IMPRIMEUR-LIBRAIRE

DU BUREAU DES LONGITUDES, DE L'ÉCOLE POLYTECHNIQUE,

Quai des Grands-Augustins, 55.

1905

NOTICE

SUR LES

TITRES ET TRAVAUX SCIENTIFIQUES

DE

M. Henry PICQUET,

CHEF DE BATAILLON DU GÉNIE EN RETRAITE,
RÉPÉTITEUR ET EXAMINATEUR D'ADMISSION A L'ÉCOLE POLYTECHNIQUE.

PARIS,

GAUTHIER-VILLARS, IMPRIMEUR-LIBRAIRE

DU BUREAU DES LONGITUDES, DE L'ÉCOLE POLYTECHNIQUE,

Quai des Grands-Augustins, 55.

1905

TITRES.

Naissance : 17 avril 1845.

Bachelier ès Lettres et ès Sciences.

Ancien élève de l'École Polytechnique (promotion 1864).

Licencié ès Sciences mathématiques (1867).

Société mathématique de France.

Membre fondateur (1872).

Secrétaire de 1879 à 1883 inclus. (A rédigé en cette qualité les Tomes VII, VIII, IX, X et XI du *Bulletin*.)

Vice-Président de 1884 à 1893.

Président pour l'année 1894.

Association française pour l'avancement des Sciences.

Membre depuis 1874.

Délégué du Ministre de la Guerre aux Congrès de Montpellier (1879) et d'Alger (1881).

Président désigné (¹) des 1ʳᵉ et 2ᵉ Sections (Mathématiques, Astronomie, Géodésie et Mécanique) au Congrès de La Rochelle (1882).

(¹) Les circonstances m'ont empêché de me rendre au Congrès.

Société philomathique de Paris.

Membre depuis 1876.

Secrétaire en 1878 et 1879.

Président pour l'année 1887 (2ᵉ semestre).

———————

Membre de la Société royale des Sciences de Liége (1885).

Officier de la Légion d'honneur (1901).

Chevalier de l'Étoile de Roumanie (1882).

FONCTIONS.

Sous-lieutenant élève du Génie à l'École d'application de Metz (1866-1868).

Lieutenant au 1er régiment du Génie (1868-1871).

A fait, en cette qualité, la campagne de 1870 (1re division du 3e corps de l'armée du Rhin) et a pris part aux batailles de Spickeren, de Borny, de Gravelotte et de Mars-la-Tour, ainsi qu'aux combats de Peltre et de Noisseville.

Prisonnier de guerre, après la capitulation de Metz; a fait à Brême, pendant l'hiver 1870-1871, des conférences de Mathématiques aux sous-officiers d'artillerie prisonniers dans cette ville.

Capitaine du Génie (1871-1887).

A l'état-major particulier du Génie, à Calais (1871-1872).

Inspecteur des études à l'École Polytechnique (1872-1874).

Répétiteur auxiliaire d'*Analyse* à la même École (1874-1883).

A fait *les examens de passage de première en seconde année, pour l'Analyse*, en 1884 et 1885.

Répétiteur titulaire de Géométrie descriptive et Stéréotomie (1883).

A suppléé, comme tel, le Professeur de ce Cours en maintes occasions, de 1883 jusqu'en 1901, époque à laquelle ce Professeur s'est retiré. A créé notamment les leçons sur les Abaques et les Planimètres ou Intégrateurs, qui ont été jointes dans ces dernières années au Cours de Stéréotomie (¹) (1899-1900-1901).

(¹) *Voir* plus loin l'abaque des cercles de rupture des piles de ponts en maçonnerie.

Examinateur d'admission suppléant pour les Mathématiques, de 1883 à 1886. A exercé effectivement la suppléance de Laguerre aux examens de 1886.

Chef de bataillon du Génie en 1887.

Examinateur titulaire d'admission la même année. A été, depuis cette époque, renouvelé tous les trois ans dans ces fonctions, en 1890, 1893, 1896, 1899 et 1902, ainsi que l'exigeait encore récemment l'art. 9 du décret du 13 mars 1894 sur l'organisation de l'École Polytechnique (').

Retraité, comme chef de bataillon du Génie en 1901, a conservé sa situation à l'École Polytechnique, au titre civil.

Président du Jury d'admission en 1901, 1902, 1903 et 1904.

(') Cet article vient d'être modifié par décret du 18 décembre 1904 (*Bulletin officiel du Ministère de la Guerre,* 1904, n° 51, p. 1838).

Aux termes du nouvel article 9, le Jury est renouvelé partiellement par le remplacement annuel de deux ou trois de ses membres ; leurs successeurs sont nommés par le Ministre de la Guerre (sans présentation par les Conseils de l'École) pour une période de 3 ans, après laquelle ils ne peuvent être nommés de nouveau que passé un délai de 6 années.

Ces nouvelles dispositions assignent à brève échéance un terme à ma situation d'examinateur d'admission, alors que l'ancien article me donnait le droit de compter encore sur 10 années d'existence active. Qu'il me soit donc permis, à l'occasion d'une candidature de l'issue de laquelle dépend pour moi la question de savoir si j'aurai ou non une fin de carrière, d'insister en quelques mots sur mon passé comme *examinateur*.

On voit que je n'ai jamais cessé d'examiner depuis 1874, participant *dix-huit* fois aux examens d'admission à l'École Polytechnique, dont quatre fois (1901-1904) comme Président du Jury.

En outre, j'ai fait partie, de 1877 à 1881, du Jury chargé, au Ministère de la Guerre, d'examiner les candidats à l'emploi de professeur de Mathématiques dans les Écoles régimentaires du Génie ; j'ai fait les examens d'admission à l'École forestière, en 1886 et 1887, et, pendant les sept dernières années, les examens de Mathématiques à l'École supérieure de Commerce de Paris.

Peut-être seront-ce là des titres aux yeux de ceux, et ils sont nombreux, qui apprécient à leur valeur les qualités professionnelles.

TRAVAUX.

Mes travaux sont surtout géométriques; quelques-uns sont relatifs à l'Algèbre et à l'Analyse. Mais ces trois sciences ont des liens étroits, et il est souvent difficile de les séparer. Je vais essayer de distinguer mes recherches en trois groupes; et, dans chacun d'eux, je les classerai chronologiquement.

Géométrie.

Mes premières publications remontent à 1863 et je ne citerai que pour mémoire les nombreuses solutions de problèmes de Géométrie que j'ai données dans les *Nouvelles Annales de Mathématiques,* alors dirigées par Gerono et Prouhet (2ᵉ série, t. II et III, 1863 et 1864).

J'ai publié mon premier Mémoire original, étant élève à l'École Polytechnique, en 1865 dans le même recueil (t. IV, p. 66-75). Il est intitulé :

Note sur quelques propriétés du lieu des centres des coniques assujetties à quatre conditions, ou des surfaces du second degré (¹) *assujetties à sept ou à huit conditions.*

J'y démontre notamment que :

Le foyer d'un paraboloïde de révolution est le centre d'une quadrique qui passe par les centres des huit sphères inscrites dans quatre plans tangents au paraboloïde.

Et, comme conséquence, que :

Six plans, considérés quatre à quatre, donnant lieu à quinze tétraèdres, dans chacun d'eux il existe une surface du troisième degré, lieu des

---

(¹) Le mot *quadrique* n'était pas alors en usage.

centres des quadriques qui passent par les centres (¹) des huit sphères
qui lui sont inscrites, et ces quinze surfaces ont un point commun.

La même année, je présentai à la Société philomathique de Paris une
série de théorèmes sur les coniques et les quadriques (séance du 9 décembre 1865).
Je citerai les suivants :

Les sphères orthoptiques d'un faisceau linéaire tangentiel de qua-
driques ont même plan radical.

Les sphères orthoptiques d'un réseau linéaire tangentiel de qua-
driques ont même axe radical.

Les sphères orthoptiques d'un système linéaire tangentiel de qua-
driques à trois paramètres, ont même centre radical.

Dans les trois cas, les sphères de la série orthogonale aux sphères
orthoptiques (une seule, dans le troisième cas) sont les sphères harmo-
niquement circonscrites aux quadriques du système.

Les débutants de cette époque se rappellent tous avec quelle affabilité
Chasles accueillait les jeunes géomètres. L'illustre fondateur de la Géométrie moderne a bien voulu honorer de son attention les résultats pré-
cédents et les insérer dans son *Rapport sur les progrès de la Géométrie*
(imprimerie Nationale, 1870, p. 370).

L'année suivante (1866), étant toujours élève à l'École Polytechnique,
je donnai aux *Nouvelles Annales* (2ᵉ série, t. V, p. 145-156) un Mémoire
qui, sous le titre *Sur la podaire d'une conique par rapport à un foyer*,
indique une méthode de transformation de laquelle j'ai déduit de nombreuses propriétés. Je cite la suivante :

Les sphères variables, définies respectivement par les pieds des per-
pendiculaires abaissées d'un point fixe sur les faces d'un tétraèdre
variable conjugué à une quadrique fixe, ont même centre radical.

En 1868 (*Ibid.*, t. VII, p. 456-462) :
Application de l'involution plane à la théorie géométrique des qua-

----

(¹) Ces huit centres ne sont pas, au point de vue de la détermination d'une
quadrique, huit points distincts; ils donnent lieu, non pas à un faisceau, mais à un
réseau de quadriques.

driques. Construction des axes d'une quadrique dont on connaît les éléments.

Voir également à propos de ce Mémoire :

CHASLES, *Rapport sur les progrès de la Géométrie*, p. 3o8.

En 1870, pendant les loisirs de la captivité, je rédigeai et j'envoyai au *Journal de Crelle* (t. 73, p. 365-373) un Mémoire *Sur trois problèmes fondamentaux relatifs aux quadriques.*

Dans ce Mémoire, je traitai *par la règle seule* les trois problèmes suivants :

Quadrique par neuf points;
Biquadratique gauche (courbe d'intersection de deux quadriques) *par huit points;*
Huitième point commun à trois quadriques, au moyen des sept autres.

La troisième question avait déjà été traitée par M. P. Serret dans sa *Géométrie de direction* (1869) et par le géomètre allemand Hesse. Leurs solutions, comme la mienne, avaient recours à une cubique gauche ou à un hyperboloïde. Le regretté Borchardt, rédacteur du *Journal de Crelle*, contesta d'ailleurs le caractère *linéaire* de toutes mes constructions.

Ayant trouvé plus tard le moyen de m'affranchir de la cubique gauche et de l'hyperboloïde, j'adressai au même Recueil un nouveau Mémoire sur le même sujet, dans lequel j'ai établi d'abord que mes premières solutions étaient absolument linéaires, et pouvaient s'effectuer à l'aide de la règle seule (t. 99, p. 225-232). J'ai indiqué ensuite des solutions plus simples des trois problèmes, et linéaires comme les premières, c'est-à-dire dans lesquelles il n'y a qu'à faire passer des plans ou des droites par des points ou à chercher des points d'intersection.

Il est juste d'ajouter que, dans l'intervalle, d'autres solutions de la même question avaient été proposées par *Staudt, Muller, Sturm, Reye, Schröter, Zeuthen* et *Caspary.*

De retour en France, je publiai chez Gauthier-Villars un petit Volume intitulé : *Étude géométrique des systèmes ponctuels et tangentiels de sections coniques.*

P.   2

La condition linéaire ponctuelle la plus générale qu'on puisse imposer à une conique est d'être harmoniquement circonscrite à une autre conique, qui alors lui est harmoniquement inscrite; et corrélativement la condition linéaire tangentielle la plus générale est d'être harmoniquement inscrite à une autre conique qui alors lui est harmoniquement circonscrite. De sorte que, si un système linéaire ponctuel dépend de p arbitraires ($p \leq 4$), il existe un autre système linéaire tangentiel dépendant de $4 - p$ arbitraires et tel que toutes les coniques du premier sont harmoniquement circonscrites à celles du second, qui, de leur côté, sont toutes harmoniquement inscrites à celles du premier.

Le travail en question a pour objet l'étude des cinq cas possibles

$$p = 0, 1, 2, 3, 4,$$

parmi lesquels le cas moyen $p = 2$ d'un réseau ponctuel avec un réseau tangentiel est si intéressant.

Les noms bien connus de *Hesse, Cremona, Smith* et *Cayley* reviennent bien souvent dans cette étude qui se termine par la solution linéaire de quelques problèmes dont je citerai le plus général :

Construire la conique harmoniquement circonscrite (ou harmoniquement inscrite) à cinq coniques données.

Le *Bulletin des Sciences mathématiques et astronomiques* (1872, p. 65) s'exprime ainsi au sujet de cet Ouvrage :

« Il ne peut manquer d'être utile, en même temps qu'aux savants, aux élèves de nos Classes de Mathématiques et à ceux des auditeurs de nos Facultés qui désirent acquérir des connaissances sérieuses en Géométrie analytique. »

Le 23 juillet 1873, je communiquai à la Société mathématique de France, récemment fondée, divers résultats sur les courbes gauches algébriques, qui furent insérés dans le Tome I du *Bulletin* de cette Société, sous le titre :

Sur les courbes gauches algébriques : surface engendrée par les sécantes triples, nombre des sécantes quadruples ([1]).

([1]) Voir également *Comptes rendus de l'Académie des Sciences* (séance du 18 août 1873.)

Dans ce Mémoire, j'ai appliqué les formules de Cayley relatives aux courbes gauches algébriques, au cas où la courbe se décompose, et j'ai déduit de cette étude la solution des questions suivantes :

1. Degré de la surface réglée, lieu d'une droite qui s'appuie une fois sur une courbe gauche et deux fois sur une autre courbe gauche données.

2. Degré de la surface réglée, lieu d'une droite qui s'appuie trois fois sur une courbe gauche donnée.

3. Nombre des droites qui rencontrent une fois quatre courbes gauches données.

4. Nombre des droites qui rencontrent une fois deux courbes gauches et deux fois une troisième courbe gauche données.

5. Nombre des droites qui rencontrent deux fois deux courbes gauches données.

6. Nombre des droites qui rencontrent trois fois une courbe gauche et une fois une autre courbe gauche données.

7. Nombre des droites qui rencontrent quatre fois une courbe gauche donnée.

Quelques-uns de ces résultats avaient déjà été obtenus par des procédés différents : le n° 1 par Salmon, le n° 2 et le n° 7 par Zeuthen, le n° 5 par Halphen. Ils m'ont conduit, de plusieurs manières, à une vérification curieuse de l'existence de vingt-sept droites sur une surface du troisième degré non réglée.

Au Congrès de l'Association française pour l'avancement des Sciences, tenu à Lille en 1874, j'ai indiqué une généralisation par projection conique de la notion *du centre des médianes anti-parallèles* dans un triangle, point remarquable dans le plan d'un triangle, découvert par M. Em. Lemoine.

J'ai montré que les propriétés de ce point dérivent du théorème de Brianchon et, cherchant une propriété du tétraèdre analogue à celle du triangle, j'ai défini *les médianes anti-parallèles du tétraèdre* qui, au lieu d'être concourantes comme celles du triangle, *sont toutes les quatre sur un même hyperboloïde*. J'ai donné en même temps, comme pour le triangle, la généralisation de cette propriété par transformation homographique. (*Comptes rendus du Congrès de Lille*, p. 1202).

Dans un Mémoire intitulé : *Sur une surface remarquable du huitième degré*, et communiqué à la Société mathématique de France le 15 décembre 1875 (*Bulletin*, t. IV, p. 45-59), j'ai étudié une surface qui se rattache à la théorie des systèmes linéaires de quadriques.

On peut la définir comme étant le lieu des cercles ayant pour centre commun un point donné de l'espace et faisant partie, à titre de quadriques dégénérées, du système tangentiel contrevariant d'un faisceau ponctuel de quadriques.

Cette surface, assez curieuse, jouit des propriétés suivantes :

Elle est du huitième degré; elle admet pour centre le centre commun des cercles générateurs, qui est, en outre, un point singulier quadruple isolé, dont le cône tangent se compose de quatre plans imaginaires. Le plan du cercle générateur enveloppe un cône du second degré auquel la surface est circonscrite tout le long d'une courbe du huitième degré. Elle coupe une sphère arbitraire concentrique, en outre du cercle à l'infini qui compte pour quatre, suivant quatre grands cercles. Elle admet une courbe double du douzième degré à distance finie; enfin, elle a dans le plan à l'infini le cercle à l'infini comme courbe de rebroussement et, en outre, quatre droites, réelles ou imaginaires, qui sont les droites à l'infini des plans de sections équilatères du faisceau ponctuel contrevariant.

Comme conséquence, j'ai énoncé les théorèmes suivants :

Tous les cônes du second degré, enveloppes respectives des plans passant par un point donné et coupant suivant des hyperboles équilatères les quadriques d'un faisceau ponctuel, ont quatre plans tangents communs.

Le lieu de leurs lignes focales est un cône du troisième degré. D'une génératrice arbitrairement choisie de ce cône, on voit les deux lignes focales d'un cône du système sous deux plans formant un angle variable, mais dont les plans bissecteurs restent les mêmes.

Dans le même Volume (p. 128-148), je suis arrivé à divers résultats sur les surfaces du troisième degré. Le Mémoire a pour titre : *Sur un nouveau mode de génération des surfaces du troisième degré*, et a été communiqué à la Société mathématique le 19 avril 1876. J'y démontre en particulier que :

Si un plan tourne autour d'une directrice rectiligne d'une surface du troisième degré, il coupe en outre la surface suivant une conique qui est harmoniquement inscrite à toutes les coniques suivant lesquelles le même plan coupe les quadriques passant par les cinq points de contact des plans tangents menés par la droite à la surface du troisième degré.

Alors, réciproquement, le mode de génération est le suivant :

Toute surface du troisième degré peut être considérée comme le lieu de la conique harmoniquement inscrite aux coniques du système linéaire ponctuel du quatrième ordre, obtenu en coupant par un plan, tournant autour d'une des directrices rectilignes de la surface, les quadriques passant par les points de contact des cinq plans tangents menés à la surface par cette droite.

Comme l'une, au moins, des vingt-sept directrices rectilignes de la surface est réelle, il y a toujours, pour une surface du troisième degré donnée, un tel mode de génération réel.

En outre, au point de vue de la construction graphique de la surface, il faut observer que la conique génératrice n'est autre que la conique définie par P. Serret comme étant, dans un plan donné, *conjuguée* au pentagone des cinq points; c'est-à-dire que la trace sur le plan du plan passant par trois quelconques des cinq points est la polaire du point, trace sur le même plan de la droite qui joint les deux autres. On peut alors la construire très facilement lorsqu'on connaît les cinq points.

Encore dans le même Volume, *Des sections paraboliques et équilatères dans les surfaces du troisième degré* (p. 153-156, Communication du 17 mai 1876), je recherche quelles sont les coniques d'une telle surface qui sont paraboles ou hyperboles équilatères. Je prouve que :

Sur toute surface du troisième degré non réglée, il y a cent-huit paraboles, réelles ou imaginaires, correspondant quatre par quatre aux vingt-sept directrices rectilignes de la surface.

Il y a de même sur la surface *quatre-vingt-une hyperboles équilatères, réelles ou imaginaires. L'une d'elles, au moins, est réelle.*

Le 18 juillet 1877, j'ai communiqué à la Société mathématique de France la *détermination de la classe de la courbe enveloppe des axes des coniques, perspectives sur un plan vertical de cercles de rayons égaux situés dans un plan vertical et dont les centres sont sur une horizontale* (*Bulletin*, t. VI, p. 82-84).

J'ai prouvé que cette courbe est de la quatrième classe, que le lieu des centres des coniques perspectives est une ligne droite; que deux coniques du système, dont l'une est une ellipse et l'autre une hyperbole, ont pour centre un point donné de cette droite; et j'ai donné la construction des axes de ces deux courbes. Ce résultat peut être utile en perspective.

Au Congrès de l'Association française pour l'avancement des Sciences, tenu à Paris en 1878, j'ai communiqué quelques résultats sur les courbes et surfaces algébriques anallagmatiques. Un travail assez étendu sur cette question a été inséré aux *Comptes rendus du Congrès* (¹) sous le titre :

Mémoire sur les courbes et surfaces anallagmatiques. Conséquences relatives à quelques courbes et surfaces du quatrième degré.

J'y donne d'abord une classification générale des courbes ou surfaces algébriques anallagmatiques. Après avoir retrouvé les anallagmatiques des troisième et quatrième degrés, signalées par Moutard et étudiées par quelques autres, je déduis de ma classification une nouvelle anallagmatique du quatrième degré qui diffère de celle de Moutard en ce qu'elle ne passe qu'une fois par les points cycliques ou par le cercle à l'infini. En outre, elle a un point double dont les tangentes, ou le cône tangent, passent respectivement par les deux autres points à l'infini de la courbe ou par l'autre conique à l'infini de la surface. Le pôle d'inversion est le point double.

Continuant l'application de ma classification générale aux courbes ou surfaces de degrés inférieurs, j'étudie les trois espèces d'anallagmatiques du cinquième ou du sixième degré qui en résultent. Je donne ensuite, pour l'anallagmatique générale, le degré de la courbe ou de la surface *déférente*, c'est-à-dire du lieu des centres des cercles ou sphères dont l'anallagmatique est l'enveloppe.

Enfin j'en déduis quelques conséquences relatives aux courbes et surfaces des quatrième et cinquième degré. Par exemple :

Les six points de contact des tangentes menées par le point double à une quartique à nœud sont sur une même conique.

(¹) Voir aussi *Comptes rendus des séances de l'Académie des Sciences* (23 septembre 1878, p. 460).

Si une surface du quatrième degré possède une directrice rectiligne double, les points de contact des huit plans tangents à la surface par cette droite sont les huit points communs à trois quadriques, et déterminent un réseau ponctuel tel que tout plan passant par la droite coupe la quartique suivant une conique harmoniquement inscrite aux quadriques du réseau.

Si une surface du cinquième degré possède une directrice rectiligne triple, les points de contact des onze plans tangents à la surface par cette droite sont sur une même quadrique, telle que tout plan passant par la droite coupe la quintique suivant une conique harmoniquement inscrite à la quadrique.

En 1879, j'ai fait au Congrès de Montpellier une Communication sur les polygones à la fois inscrits et circonscrits aux cubiques planes (*Comptes rendus*, p. 245). Je n'en parle que pour mémoire, ayant longuement développé ce sujet dans un Mémoire dont il sera question plus loin.

En 1882, je publiai chez Masson un Ouvrage de longue haleine, intitulé *Traité de Géométrie analytique, à l'usage des candidats aux Écoles du Gouvernement et aux grades universitaires* (612 pages et 127 figures).

Ainsi que l'indique le titre, j'ai pensé en faire un classique; mais je crois qu'il a été surtout utile aux Professeurs, et je laisse à ceux d'entre eux qui l'ont consulté le soin de le juger ([1]). Quoi qu'on puisse en penser, il me sera permis d'avancer, comme je le dis dans la Préface, qu'il n'est le reflet d'aucun de ses pareils; et, s'il n'a pas été aussi classique que je l'eusse désiré, du moins n'a-t-il pas partagé leur sort commun, qui est d'être remplacé par le classique suivant ([2]).

J'y ai cherché à vulgariser les théories générales qui, à cette époque, n'avaient pas, comme aujourd'hui, droit de cité dans l'enseignement secondaire; telles sont l'homographie, la dualité et l'involution. J'ai aussi

_____

([1]) Il en a été donné de nombreux comptes rendus en France et à l'étranger. Je me bornerai à citer le suivant (*Zeitschrift für das Realschulwesen*, 7. Jahrgang, VI. Heft, p. 364).

([2]) On m'a souvent demandé pourquoi je n'ai pas fait le second Volume annoncé dans la Préface. En voici la raison : il n'était pas prêt lorsque j'ai été nommé Examinateur d'admission à l'École Polytechnique et, depuis cette époque, il m'est interdit, comme on sait, de rien publier sur les matières du programme d'admission.

essayé de donner aux systèmes linéaires de coniques la place qui leur est due dans la théorie générale de ces courbes.

Je reproduis ici la Table des matières.

P.   3

LIVRE QUATRIÈME.

Pour mémoire, une lettre *Sur la question de Géométrie analytique donnée au Concours d'admission à l'École forestière en* 1883 (*Journal de Mathématiques élémentaires,* 1884, p. 73).

Dans une Note intitulée *Sur l'enveloppe des droites qui coupent deux cercles harmoniquement* (*Nouvelles Annales,* 3ᵉ série, t. IV, p. 183), j'ai établi, par des considérations géométriques immédiates, la proposition bien connue dans l'étude des contrevariants communs à deux coniques, d'après laquelle cette enveloppe est une conique ayant pour foyers les centres des deux cercles.

Dans le même Volume (p. 163 et 284), j'ai donné la *Construction des points doubles de la projection de la courbe d'intersection de deux cônes ou cylindres du second degré.*

Dans le *Bulletin de la Société mathématique de France* (t. XIV, p. 68-76), j'ai inséré une *Note sur le conoïde de Plücker,* surface si curieuse, connue également sous le nom de *cylindroïde,* et qui joue un rôle si important dans l'étude du complexe linéaire et, par suite, dans la théorie du déplacement d'une figure invariable de forme. Après avoir indiqué quelques propriétés de la surface, je détermine par un procédé très simple le plan tangent, en un point et je l'applique à la recherche de la ligne d'ombre sur la surface éclairée par un flambeau. La projection horizontale de cette courbe est une quartique circulaire à point triple; quant à la projection verticale, c'est aussi une quartique unicursale; mais elle offre ceci de particulier qu'elle n'a que *deux* points doubles. L'un d'eux est le *Selbstberührungspunkt* des Allemands, et compte pour deux.

En réponse à une question posée par M. Poincaré dans l'*Intermédiaire des Mathématiciens* (t. I, p. 2 et 3), j'ai donné (même *Bulletin,* t. XXII, p. 19-25) une *Nouvelle contribution au problème du huitième point commun à trois quadriques,* dans laquelle j'établis l'identité de ce problème avec celui du *neuvième point d'un faisceau linéaire de cubiques planes,* en déduisant la solution de l'un d'eux de la solution de l'autre, par le moyen de la représentation d'une quadrique sur un plan.

En 1898, sur la sollicitation du regretté Brisse, alors terrassé par la maladie, j'entrepris la publication de son *Cours de Géométrie descriptive à l'École centrale des Arts et Manufactures.* Ce Volume fait partie de l'Encyclopédie industrielle fondée par Lechalas. Comme je le dis dans la Préface, j'y ai introduit des développements qui m'ont fourni l'occasion d'apporter à cette rédaction une note personnelle. Je signalerai notamment le Chapitre III de la première Partie, sur les propriétés projectives des figures; dans le Chapitre IV, une remarque sur le système des points de distance en perspective conique; dans le Chapitre IV de la seconde Partie, des remarques sur la développable enveloppe des plans normaux d'une courbe gauche; dans le Chapitre VII, la détermination du lieu des centres des hyperboloïdes de révolution qui se raccordent avec une surface gauche donnée le long d'une génératrice, qui est *la normale à la surface gauche au point central,* et des considérations sur la courbe de contact avec une sphère d'un conoïde oblique circonscrit; dans le Chapitre VIII, une description complète de l'hélicoïde réglé le plus général; dans le Chapitre IX, le calcul du rayon de courbure en un point d'une courbe quelconque tracée sur une développable, et la recherche des surfaces pour lesquelles une courbe donnée est ligne de courbure; dans le Chapitre X, l'étude de l'hyperboloïde osculateur relatif à une génératrice de l'hélicoïde réglé, et celle de la courbe d'ombre sur cette surface, complétant le beau Mémoire de De la Gournerie : *Sur les lignes d'ombre et de perspective des hélicoïdes gauches (Journal de l'École Polytechnique,* XXXIV° Cahier); enfin, dans la troisième Partie qui traite de la Charpente, des remarques sur le balancement arithmétique des marches d'un escalier tournant et sur le point de rebroussement de la courbe enveloppe des projections horizontales des marches dans le balancement géométrique.

Pour terminer l'exposé de mes travaux géométriques, il me reste à signaler quelques résultats obtenus dans un Mémoire encore inédit : *Sur les lignes de courbure des quadriques,* résultats que je ne crois pas avoir été remarqués par les divers auteurs qui ont traité le même sujet.

En voici l'énoncé :

Les lignes de courbure d'une quadrique, projetées sur un plan de section circulaire en prenant pour sommet de la projection un des ombilics correspondants, donnent lieu à un système doublement orthogonal de quartiques anallagmatiques homofocales.

Les normalies développables, ayant pour directrices ces lignes de courbure, coupent chaque plan principal de la quadrique suivant un faisceau tangentiel de coniques, dont les quatre tangentes communes sont les normales à la section de la quadrique par le plan principal, en ses quatre ombilics. En outre, les cônes directeurs de toutes ces normalies sont du second degré et ont les mêmes lignes focales, qui sont les perpendiculaires aux plans cycliques de la quadrique.

Algèbre. Probabilités.

Dans les *Comptes rendus du Congrès de l'Association française pour l'avancement des Sciences*, tenu à Lille en 1874, sous le titre *Des invariants communs à deux fonctions quadratiques homogènes à deux, trois ou quatre variables* (p. 1205-1236), j'ai fait une étude de ces invariants, dans leur rapport avec la théorie des systèmes linéaires de coniques et de quadriques, et j'ai donné l'interprétation de la relation linéaire la plus générale entre les coefficients ponctuels ou tangentiels de ces êtres géométriques.

L'année suivante, au Congrès de Nantes (*Comptes rendus*, p. 225-230), j'ai généralisé au cas d'un nombre quelconque de variables une propriété du discriminant des formes quadratiques, bien utile en Géométrie lorsque le nombre des variables ne dépasse pas quatre. Cette propriété est la suivante :

Si, dans le discriminant d'une forme à n variables, on remplace chaque coefficient a par a + λa', toute valeur de λ qui annule le discriminant rend carré parfait le discriminant de la forme à une variable de plus.

En 1878, je communiquai à l'Académie des Sciences (*Comptes rendus*, séances des 4 février et 6 mai) toute une série de résultats sur les déterminants dont les éléments sont des mineurs formés avec les éléments d'un ou de deux autres déterminants. J'ai rassemblé ces résultats dans un travail intitulé *Mémoire sur l'application du calcul des combinaisons à la théorie des déterminants*, qui a été inséré dans le *Journal de l'École Polytechnique* (XLVᵉ Cahier, p. 201-243). Voici, par exemple, l'énoncé d'un des théorèmes que j'y démontre :

Étant donnés deux déterminants A et B à n^2 éléments, si dans l'un d'eux A on substitue de toutes les façons possibles, à la place de q colonnes, q des colonnes de B, on obtient une série de déterminants à n^2 éléments, en nombre égal au carré du nombre des combinaisons de n objets q à q. Le déterminant dont ces déterminants sont les éléments a pour valeur le produit d'une puissance de A par une puissance de B.

La puissance de A est le nombre des combinaisons de n − 1 objets q à q, et la puissance de B *est le nombre des combinaisons de n* — 1 *objets q* — 1 *à q* — 1.

Pour mémoire, une lettre *Sur la question d'Algèbre donnée au Concours d'admission à l'École forestière en* 1885 (*Journal de Mathématiques élémentaires*, 1886, p. 39).

Dans le *Journal de Mathématiques spéciales* (3e série, t. XII, 1888), j'ai démontré sous le titre *Quelques théorèmes sur les nombres figurés* plusieurs résultats d'Algèbre combinatoire.

Je cite le théorème le plus général :

Si l'on considère dans le triangle arithmétique la colonne montante commençant à $C_{m.p}$ *et une ligne quelconque commençant à* $C_{i.0}$, *telle que l'on ait i* $\leq m$, *la somme algébrique des produits deux à deux de la* $n^{\text{ième}}$ *puissance d'un nombre de la colonne par le nombre de même rang dans la ligne, produits affectés alternativement du signe* + *ou du signe* —, *est nulle, si l'on a* $p < \dfrac{i}{n}$.

Dans le cas contraire, cette somme est différente de zéro et j'en donne une expression de laquelle résulte l'identité numérique suivante, dans laquelle *m* désigne un entier quelconque et *p* un diviseur quelconque de *m*,

$$m! = (p!)^{\frac{m}{p}} \sum_{h=0}^{m-p} (-1)^h C_{m.h} (C_{m-p.h})^{\frac{m}{p}}.$$

Ces propriétés trouvent leur application dans le *Calcul des probabilités*, et j'en ai conclu, ainsi que je l'indique dans l'*Intermédiaire des Mathématiciens*, t. I, p. 125, la solution de la question suivante :

Étant donnés m numéros dans une urne, de combien de façons peut-on, au moyen de m tirages successifs, en remettant toujours dans l'urne le numéro tiré, amener seulement i numéros distincts?

Désignant ce nombre par $N_{m,i}$, on trouve

$$N_{m,i} \equiv C_{m,i} \sum_{k=0}^{k=i-1} (-1)^k C_{i,k} (i-k)^m.$$

Pour chaque valeur de *m*, on peut donner à l'entier *i* les valeurs 1, 2, ...;

m. Si l'on calcule le Tableau triangulaire des nombres $N_{m,i}$, analogue au triangle de Pascal, on trouve ce résultat curieux que dans chaque ligne, correspondant à une valeur donnée de m, le plus grand nombre de la ligne est toujours, lorsque m est divisible par 3, celui qui correspond à $i = \frac{2}{3} m$ et, dans le cas contraire, celui qui correspond à la valeur entière de i qui s'approche le plus de $\frac{2}{3} m$.

Voici les huit premières lignes de ce Tableau, dans lequel m reste le même pour tous les nombres d'une même ligne, et i pour ceux d'une même colonne :

1						
2	2					
3	18	6				
4	84	144	24			
5	300	1500	1200	120		
6	930	10800	23400	10800	720	
7	2646	63210	294000	352800	105840	5040
8	7112	324576	2857680	7056000	5362560	1128960	40320

Il est facile de le prolonger par le moyen de la formule récurrente

$$(m - i) N_{m,i} = m(m - i) N_{m-1, i-1} + mi\, N_{m-1,i}.$$

La 36ᵉ ligne, en particulier, à une intéressante application au jeu de la roulette.

Analyse.

Dans le LIIIe Cahier du *Journal de l'École Polytechnique* (1883, p. 79-134), j'ai publié un Mémoire intitulé : *Quelques développements sur les équations différentielles linéaires à coefficients constants et sur la théorie des fractions rationnelles.*

On connaît la formule d'Hermite

$$y = \frac{1}{2\pi i} \int_0^x \varphi(z)\, dz \int \frac{e^{\alpha(x-z)}}{f(\alpha)}\, d\alpha$$

qui donne, pour une telle équation différentielle, une solution particulière, si $\varphi(x)$ est le second membre de l'équation, si la résolvante est $f(\alpha) = 0$ et si la seconde intégrale est effectuée le long d'un contour fermé comprenant toutes les racines de cette résolvante.

Lorsque la résolvante n'a que des racines simples, la solution particulière peut se calculer au moyen de la formule

$$y = \sum \frac{e^{\alpha x}}{f'(\alpha)} \int e^{-\alpha x} \varphi(x)\, dx.$$

dans laquelle la sommation s'étend à toutes les racines de la résolvante.

Dans le travail dont il s'agit, j'ai établi ce que devient la formule, si la résolvante a des racines d'un ordre de multiplicité quelconque. S'il y a, par exemple, des racines doubles, le terme correspondant à l'une d'elles dans la somme précédente doit être remplacé par

$$\frac{2\,e^{\alpha x}}{f''(\alpha)} \int dx \int e^{-\alpha x} \varphi(x)\, dx - \frac{2}{3} \frac{f'''(\alpha)}{f''^2(\alpha)} e^{\alpha x} \int e^{-\alpha x} \varphi(x)\, dx.$$

De même, pour une racine d'ordre de multiplicité q, le terme correspondant est remplacé par une somme de q termes.

Cela résulte de certaines identités obtenues par la décomposition des fractions rationnelles en fractions simples.

Dans le LIVe Cahier du même Journal (1884, p. 31-100), sous le titre *Applications de la représentation des courbes du troisième degré à l'aide des fonctions elliptiques*, j'ai inséré un travail qui touche aux fonc-

P.

4

tions elliptiques, à la géométrie des cubiques planes et à l'arithmétique (¹).
J'y étudie les polygones à la fois inscrits et circonscrits à une cubique
générale (sans point double), et je détermine le nombre de ces polygones,
tant réels qu'imaginaires, pour une valeur donnée du nombre des côtés.

On sait que, pour obtenir un tel polygone, on mène la tangente à la
courbe en l'un de ses points; elle la coupe en un autre point où l'on mène
encore la tangente; et, si le premier point est convenablement choisi, le
polygone se ferme. J'ai prouvé qu'il y a 24 triangles à la fois inscrits et circonscrits, 54 quadrilatères, 216 pentagones, 648 hexagones, etc.; le nombre
des polygones augmente rapidement avec le nombre des côtés et pour un
polygone de 20 côtés, par exemple, on trouve 549754241 94. J'ai prouvé
également que :

*Un point quelconque, pris au hasard sur la cubique, n'est pas, en
général, sommet d'un polygone à la fois inscrit et circonscrit; mais, si
l'on considère tous les points, tant imaginaires que réels, dont les coordonnées satisfont à l'équation de la courbe, on peut en trouver un dans
son voisinage à une distance plus petite que toute quantité donnée ε, si
petit que soit ε.*

Généralisant la question, j'imagine des polygones curvilignes, à la fois
inscrits et circonscrits et formés de la façon suivante. On considère, en un
point de la cubique, une courbe du degré μ ayant 3μ — 1 points consécutifs
communs avec elle : il y en a une infinité; mais, quelle qu'elle soit, elle
coupe la cubique en un nouveau point qui est toujours le même. Là, j'opère
de la même façon et ainsi de suite. Si le premier point est convenablement
choisi, le polygone se ferme.

J'ai prouvé que le nombre total $N(\mu, n)$ des sommets de ces polygones
s'obtient au moyen de la fonction numérique suivante, que j'ai désignée par
$\sum_n (x)$. Soient x l'entier $3\mu - 1$ et n le nombre des côtés décomposé en
facteurs premiers sous la forme

$$n \equiv a^\alpha b^\beta \ldots P.$$

L'expression $\sum_n (x)$ a pour définition

$$\sum_n (x) = x^n - \sum x^{\frac{n}{a}} + \sum x^{\frac{n}{ab}} - \ldots \pm x^{\frac{n}{ab\ldots l}},$$

(¹) C'est à la suite de la communication de ce Mémoire à CATALAN que j'ai été,
sans le solliciter, nommé Membre de la Société royale des Sciences de Liège.

chacune des sommations du second membre s'étendant à tous les exposants de la forme indiquée, qu'on peut obtenir avec tous les facteurs premiers a, b, ..., l.

J. Serret a montré que l'entier $\sum_n(x)$ est divisible par n, le quotient étant égal au nombre des fonctions entières de degré n, irréductibles suivant le module x (*Cours d'Algèbre supérieure*, 3ᵉ édition, t. II, p. 140). Cela posé, on a

$$N(\mu, n) = \frac{1}{n}\left\{ \sum_n [(3\mu - 1)^2] - 2 \sum_n (1 - 3\mu) \right\}$$

et l'on voit par là que le nombre des polygones cherchés se trouve ainsi très simplement déterminé, pour chaque valeur du degré μ et du nombre de côtés n.

On a, par exemple, pour le nombre des polygones rectilignes de 20 côtés à la fois inscrits et circonscrits,

$$N(1,20) = \frac{1}{20}\left[\sum_{20} (4) - 2 \sum_{20}(-2) \right]$$
$$= \frac{1}{20}(4^{20} - 4^{10} - 4^4 + 4^2) - \frac{1}{10}(2^{20} - 2^{10} - 2^4 + 2^2) = 54975424194,$$

qui est le nombre déjà indiqué plus haut.

Reprenant l'étude de la fonction numérique $\sum_n (x)$, en outre de la confirmation géométrique du théorème de Serret, j'ai donné de cette proposition une démonstration arithmétique immédiate, déduite des deux propriétés suivantes *qui caractérisent la fonction :*

1° Si ν est le quotient de n par a^α, on a

$$\sum_n (x) = \sum_\nu (x^{a^\alpha}) - \sum_\nu (x^{a^{\alpha-1}})$$

2° Si n, ne renfermant qu'un facteur premier, est égal à a^α, on a

$$\sum_n (x) = x^n - x^{\frac{n}{a}}.$$

Si l'on observe d'ailleurs que le théorème de Serret n'est autre qu'une généralisation, au cas de n non premier, du théorème désigné en Arithmétique élémentaire sous le nom de *théorème de Fermat*, on voit que, par ma démonstration, rien n'est plus facile que d'introduire cette généralisation dans les éléments d'Arithmétique.

Poursuivant l'étude des polygones $[\mu, n]$, j'ai fait la distinction du réel de l'imaginaire et j'ai établi les résultats suivants :

1° *Un polygone* $[\mu, n]$ *a tous ses sommets sur la branche à inflexions, ou tous ses sommets sur l'ovale de la cubique.*

2° *L'ovale, lorsqu'il existe, n'admet aucun sommet de polygone d'ordre* μ *impair.*

3° *Le nombre des polygones* $[\mu, n]$ *qui ont leurs sommets sur la branche à inflexions est égal à* $\frac{1}{n}\sum_n (3\mu - 1)$. *Lorsqu'il y a un ovale, si* μ *est pair, il y a en outre le même nombre de polygones qui ont leurs sommets sur l'ovale.*

Par exemple, il y a deux triangles et trois quadrilatères à la fois inscrits et circonscrits, réels; ils ont leurs sommets sur la branche à inflexions. Il y a quarante triangles réels, dont les côtés sont des arcs de coniques, ayant leurs sommets sur la branche à inflexions, et autant sur l'ovale, lorsqu'il existe. On voit aussi que, parmi les polygones rectilignes de 20 côtés dénombrés plus haut, il y en a seulement

$$52377 = 3.13.17.79$$

qui sont réels, et qu'ils ont tous leurs sommets sur la branche à inflexions.

Dans ce dénombrement, les points dénommés par Halphen *points de coïncidence*, qui sont ceux pour lesquels le dernier point d'intersection de la courbe du degré μ avec la cubique vient coïncider avec les premiers, jouent naturellement un rôle important, parce qu'il faut les éliminer du nombre total des sommets des polygones (μ, n). J'ai également distingué, en ce qui les concerne, le réel de l'imaginaire et j'ai démontré le théorème suivant :

Si l'on désigne par $a, b, \ldots, l$ *tous les facteurs premiers de* μ, *le nombre des points de coïncidence réels, situés sur la branche à inflexions, est*

$$3\mu\left(1 - \frac{1}{a}\right)\left(1 - \frac{1}{b}\right)\cdots\left(1 - \frac{1}{l}\right).$$

Lorsque l'ovale existe, si μ *est impair, il n'y a sur lui aucun point réel de coïncidence. Si* μ *est pair et admet plus d'une fois le facteur 2, il y a sur lui autant de points de coïncidence réels que sur la branche à inflexions. Il y en a deux fois plus, lorsque* μ *n'admet qu'une fois le facteur 2.*

Divers.

Abaques, instruments, travaux pratiques.

En 1898, les Conseils de l'École polytechnique décidèrent de joindre au Cours de Stéréotomie des leçons sur les Abaques et sur les Instruments d'intégration. Je fus chargé de professer cette partie du Cours, qui devait comprendre, en outre, l'étude des surfaces topographiques, et je m'en acquittai jusqu'en 1901. De ces leçons, je signalerai quelques points où j'ai apporté une note personnelle.

En ce qui concerne les Abaques, citant seulement pour mémoire la généralisation de l'abaque de M. Lalanne, relatif à l'équation du troisième degré, au cas d'une équation trinome de degré quelconque, je vais donner quelques détails sur un abaque que j'ai exposé aux élèves sous le nom d'*Abaque des cercles de rupture d'une pile de pont en maçonnerie.*

Aux termes de l'Instruction ministérielle du 25 février 1893, l'emplacement des fourneaux destinés à faire sauter une pile et le rayon commun des cercles de rupture doivent satisfaire aux conditions suivantes :

1° *Chacun des cercles extrêmes doit être tangent au bec correspondant;*

2° *Les cercles doivent se recouper sur les grands côtés de la section.*

Si l'on désigne par x et y les demi-dimensions de la pile (voir la figure), par n le nombre des fourneaux et par z le rayon commun des cercles de rupture, on trouve facilement que les conditions précédentes établissent entre ces quantités la relation

$$x = z + n\sqrt{z^2 - y^2}.$$

L'abaque a pour but l'évaluation graphique de la valeur positive de z qui résulte de cette équation, pour une pile de dimensions données et un nombre de fourneaux donné.

Si aucune autre condition n'était exigée, à un point du plan de coordonnées x et y il correspondrait toujours, pour un nombre donné n de fourneaux, une valeur de z; et l'on peut dire que toute la portion XOY du plan, diminuée du quart du rectangle circonscrit à la pile minima, serait utile.

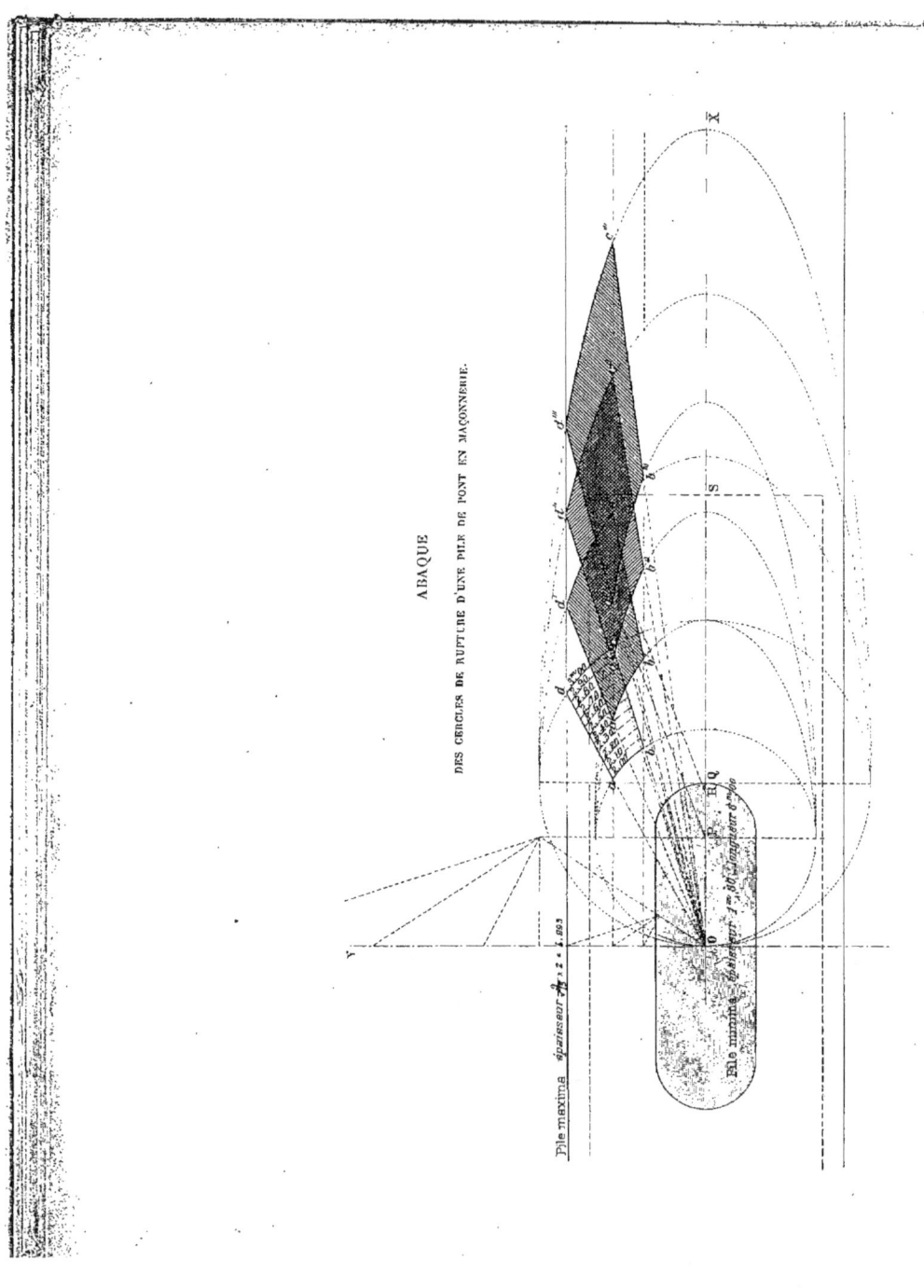

ABAQUE

DES CERCLES DE RUPTURE D'UNE PILE DE PONT EN MAÇONNERIE.

Mais l'Instruction ministérielle exige encore que *le rayon du cercle de rupture soit compris entre* 2^m *et* 3^m.

Soient alors OP = 2^m, OQ = 3^m. On voit sur la figure un certain nombre d'ellipses (dont l'une est un cercle), ayant pour centre commun le point P, dont le grand axe est dirigé suivant OX, et ayant même petit axe en grandeur (4^m) et en position sur la perpendiculaire élevée au point P à OP, par conséquent tangentes entre elles en leurs sommets situés sur ce petit axe. On voit de même une série analogue d'ellipses, ayant pour centre commun le point Q et dont le petit axe est égal à 6^m. Les ellipses étant numérotées dans chaque série à partir de la plus petite qui est un cercle, si le sommet du rectangle circonscrit à la pile, qui est le point de coordonnées x et y, tombe entre deux ellipses de même numéro n, le problème est possible au moyen de $n + 1$ fourneaux et le rayon commun des cercles de rupture, compris entre 2^m et 3^m, peut se lire sur la figure au moyen d'ellipses intercalaires, comme on le voit dans le quadrilatère *abcd*. Il peut aussi être obtenu par une construction géométrique simple indiquée sur la figure.

Ainsi la portion utile du plan se réduit à la partie de la surface précédente comprise entre deux ellipses de même numéro.

Mais une nouvelle condition restrictive est imposée par l'Instruction ministérielle et vient encore limiter cette partie utile. *L'espacement des centres ne doit pas dépasser une fois et demie l'épaisseur de la pile.* De là on conclut aisément que le sommet du rectangle circonscrit à la pile doit être au-dessus d'une droite telle que O*bc* qui coupe la petite ellipse en un point *b* d'ordonnée $\frac{4}{\sqrt{13}}$ et la grande en un point *c* d'ordonnée $\frac{6}{\sqrt{13}}$.

Enfin, il est clair que l'espacement des centres ne doit pas non plus descendre au-dessous d'une certaine limite. Si l'on suppose, comme dans la figure, cette limite égale aux $\frac{2}{3}$ de la largeur de la pile, la surface utile est limitée supérieurement par une autre droite telle que O*ad*.

L'on obtient ainsi des quadrilatères *abcd*, *a'b'c'd'*, *a"b"c"d"*, *a"'b"'c"'d"'*, ... à l'intérieur desquels doit tomber le sommet du rectangle circonscrit à la pile pour que le problème puisse se résoudre respectivement par 2, 3, 4, 5, ... fourneaux; et la figure prouve clairement que le problème, qui a été posé pour toute pile d'épaisseur supérieure à 1^m,80, n'admet pas de solution si cette épaisseur n'est pas comprise entre $\frac{8^m}{\sqrt{13}} = 2^m$, 22 et 6^m; tandis que, si l'épaisseur de la pile est comprise entre ces limites, on peut avoir le choix entre plusieurs valeurs de l'entier n, nombre des fourneaux; comme aussi le problème peut n'être pas possible dans les conditions imposées.

Comme nouvel exemple, j'ai mis sous les yeux des élèves l'*abaque du lever et du coucher du Soleil*, dû à M. Collignon, abaque si intéressant en Astronomie, par la détermination graphique qu'il donne immédiatement, pour tout point du globe, de l'heure du lever et du coucher du Soleil, lorsque l'époque de l'année est définie par la déclinaison de cet astre. J'y ai joint la discussion graphique complète de la formule

$$- \cos H = \tang D . \tang \lambda$$

qui existe entre la latitude λ d'un point du globe terrestre, la déclinaison D du Soleil en un jour donné de l'année et l'angle horaire H du coucher de l'astre.

En ce qui concerne les Instruments d'intégration, j'ai exposé aux élèves la théorie si délicate du planimètre d'Amsler, insistant sur l'usage pratique de cet instrument d'après les remarques faites à ce sujet par M. le Général Peaucellier (*Mémorial de l'Officier du Génie*, t. XXII, p. 111)(*) et d'après les expériences faites par M. Rozé, en vue de contrôler la constance de ses indications. J'y ai joint la description du planimètre de Petersen, moins exact que le précédent, mais d'une élégance si digne de remarque. Enfin, comme intégrateurs, j'ai développé aux élèves, d'après M. Collignon, la théorie de l'intégrateur de M. Marcel Deprez, qui malheureusement n'a pas été construit, et je leur ai montré la pratique de l'intégrateur d'Amsler, dont la théorie est la même, mais dont le modèle existe à l'École.

En Topographie, j'ai insisté sur les sommets et les cols, dont la lecture doit être immédiate, sur une carte dressée d'après le principe de Monge, à cause de la multiplicité ou de l'absence des hachures; et j'en ai déduit, dans les feuilles distribuées aux élèves, quelques propriétés des courbes binomes, considérées comme *trajectoires orthogonales de coniques concentriques et homothétiques.*

Enfin, comme travaux pratiques, j'ai concouru de 1868 à 1870, à Metz, à la modification du système de mines du fort Bellecroix et à la construction des forts de Queuleu et de Saint-Julien; en 1872, j'ai fait un projet de nouvelle enceinte pour la réunion des villes de Calais et Saint-Pierre, ainsi

(*) *Note sur l'emploi du planimètre polaire de M. Amsler dans le dessin de la fortification.*

qu'un projet de transformation de la caserne du fort Nieulay en pénitencier militaire; et, en 1878, j'ai fait un projet d'installation d'une cuisine à vapeur à la caserne de Reuilly, à Paris (¹).

(¹) En 1879, j'ai dû opter entre la carrière scientifique et la carrière militaire; et il n'a pas dépendu de moi de les poursuivre simultanément, comme je le faisais depuis 1874. *Voir* également, pour l'énumération de mes travaux, *J.-C. Poggendorff's biographisch-literarisches Handwörterbuch zur Geschischte der exacten Wissenschaften*, t. III, p. 1039-1040 et t. IV, p. 1163. Leipzig.

FIN.

P.   5

TABLE DES MATIÈRES.

FIN DE LA TABLE DES MATIÈRES.

36293   Paris. — Imprimerie GAUTHIER-VILLARS, quai des Grands-Augustins, 55.

www.ingramcontent.com/pod-product-compliance
Lightning Source LLC
Chambersburg PA
CBHW060859180626
46818CB00004B/1780